Claire Adam.

Z. Payen
1368.

Ex libris claudii Francisci
Devilliers Demontaigu

(Par le chevalier de Meré).

NOUVELL·ES MAXIMES, SENTENCES ET REFLEXIONS MORALES ET POLITIQUES.

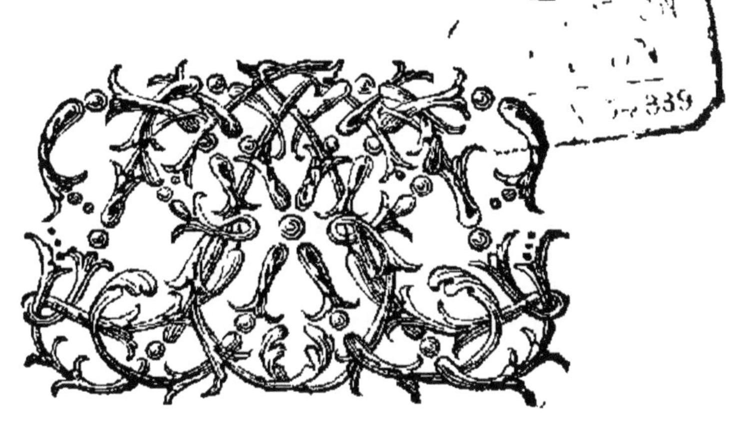

A PARIS,

Chez JEAN-BAPTISTE DELESPINE
ruë S. Jacques, à l'Image S. Paul,
prés la Fontaine S. Severin.

M. DCCII.

AVEC PERMISSION.

NOUVELLES
MAXIMES,
SENTENCES
ET
REFLEXIONS
MORALES ET POLITIQUES.

I.

A Cour est une mer orageuse, sur laquelle on voyage pour acqué-rir des honneurs & des biens, & on y fait souvent nau-frage.

I I.

Le Trône éleve les Rois au-

deſſus des autres hommes, autant
que le vol de l'Aigle l'éleve au deſſus des autres oiſeaux.

I I I.

Ce ſeroit un grand plaiſir de
regner ; mais c'eſt une grande
peine d'avoir à contenter tout le
monde.

I V.

L'éclat de la Grandeur reſſem-
ble à une beauté rare , la vuë en
eſt charmante, & l'approche tres-
délicate.

V.

Les Miniſtres ſont les tuteurs
de l'Etat ; ils ont cela de commun
avec les autres tuteurs, que les peu-
ples comme les pupilles croyent
toûjours qu'ils leur font injuſtice.

V I.

Les hommes ſentent qu'ils ſont
nez libres, & ils deviennent eſcla-
ves par leur ambition ou par leurs
beſoins.

V I I.

Ceux qui ſçavent cacher leurs
défauts veulent paſſer pour ver-
tueux ; mais ce n'eſt pas l'eſtre
que de ne pas ſentir au dedans ce
que l'on veut paroître au dehors.

V I I I.

On déteſte le vice , on le punit,
& cependant nous y ſommes ſi fort
enclins,que nous luy laiſſons prendre racine, & commettons le cri-
me en l'appercevant.

I X.

On connoît le fonds de son cœur
quand on a donné sa parole , &
qu'il en doit coûter pour la tenir.

X.

Les temperamens emportez &
violens sont incapables de dissi-
mulation , c'est pourquoy les tran-
quilles les dominent.

X I.

L'Envie fait trouver des défauts
au mérite distingué ; quand elle
ne luy en trouve pas elle luy en
suppose qui s'impriment par un
effet de la haine & de la facilité
à croire le mal.

X I I.

L'on se marie ou par inclination

ou pour faire un établiſſement ;
l'amour paſſe bien vîte, l'établiſſement eſt rare : quand il ſe fait
c'eſt aux dépens de ſon repos, &
les autres en joüiſſent.

XIII.

Les enfans & les domeſtiques
en veulent toûjours à noſtre bien,
ils ne l'ont jamais aſſez toſt ; & ſi
nous n'en avons point ils nous mé-
priſent.

XIV.

La vanité a autant de part que
la tendreſſe, aux établiſſemens que
les peres & meres procurent à leurs
enfans.

XV.

Le caprice eſt la raiſon de la
plûpart des femmes ; la parure en
fait l'occupation, & la legereté
acheve leur imperfection.

XVI.

Les hommes reprochent de grandes foibleſſes aux femmes, & s'en laiſſent ſeduire à tout moment.

XVII.

L'amour eſt contraire à noſtre fortune & à noſtre repos; le dégouſt ou la trahiſon en font le prix & la récompenſe.

XVIII..

La colere de l'amour trahi,& de l'honneur outragé n'a point de bornes.

XIX.

Nous decidons de tout pour faire voir noſtre capacité, c'eſt ce qui nous marque plûtoſt noſtre ignorance, puiſqu'il y a une infinité

de choses au dessus de nostre por-
tée.

X X.

Les gens élevez prétendent toûjours que leurs sentimens préva-
lent sur ceux d'autruy, pour ne
pas diminuer leur autorité.

X X I.

C'est rarement le mérite qui
nous fait parvenir aux grands em-
plois; c'est plutost l'usage que ceux
qui les procurent veulent faire de
nous quand nous les aurons , ou
la proximité que nous avons avec
eux.

X X I I.

Il est bon de sçavoir en quelle
réputation nous sommes pour
nous bien conduire dans le monde.

XXIII.

Les reproches de nos ennemis font plus d'impreſſion ſur nous, que les conſeils de nos amis.

XXIV.

Tel paroît eſtre heureux qui ſouvent ne l'eſt qu'en apparence; il feint quelquefois de l'eſtre par neceſſité, ou bien nous en jugeons par ce que nous voyons : ſi nous ſçavions l'état de ſes affaires , & celuy de ſon cœur , nous y trouverions bien du deſordre & du chagrin.

XXV.

Nous prétendons faire paſſer noſtre opiniâtreté pour fermeté, on s'apperçoit de noſtre vanité , & nous ne nous appercevons point de noſtre foibleſſe.

XXVI.

Nous croyons en bien des rencontres ſuivre le bon conſeil , & nous ſuivons le mauvais ; l'évenement nous l'apprend à nos dépens.

XXVII.

Nous donnons des avis aux autres , dont nous ne ſçavons point nous ſervir pour nous-mêmes.

XXVIII.

La prévention nous aveugle à noſtre égard & à celuy des autres.

XXIX.

L'air important tient de l'arrogant, il ne faut pas ſe faire valoir , il eſt bon ſeulement de connoître ce qu'on vaut.

X X X.

Rien n'eſt ſi ſenſible que le mé-
pris, nous nous l'attirons quelquefois nous-mêmes, d'autres fois
ſans le mériter nous ne pouvons
l'éviter.

XXXI.

L'oubli qu'on fait de nous eſt
un ſignal pour battre la retraite;
nous ſommes inutiles, il faut ſon-
ger à noſtre fin.

XXXII.

Il y a des fronts d'airain que
rien ne peut ébranler, tels ſont
les ſcelerats; d'autres rougiſſent
pour une bonne cauſe, c'eſt l'effet
de la modeſtie.

XXXIII.

L'aſcendant nous déconcerte,
&

& la hardieſſe & la conſtance
déconcertent ceux qui ont de l'aſcendant.

XXXIV.

L'impatience nous rend incapables des grands Ouvrages, & la
trop grande vivacité nous empêche d'approfondir les choſes.

X X X V.

Ne vous repoſez pas entiere-
ment ſur la reputation acquiſe,
on la perd auſſi aiſément qu'on a
de peine à l'acquérir.

XXXVI.

Les préſens faits à propos font
de grands effets, & ils deviennent
nuiſibles quand on les fait à con-
tre-temps.

B

X X X V I I.

L'efpoir du gain nous fait don_
ner dans l'embufcade, fi on l'évite
ce n'eft pas fans danger.

X X X V I I I.

On n'a point envie de s'enga_
ger, on commence, & on ne peut
plus s'en défendre.

X X X I X.

Il y a un art d'obéïr & de commander ; perfonne ne veut obéïr,
& peu fçavent commander.

X L.

Pour eftre obéï fans répugnan-
ce, il faut commander par l'exem-
ple.

X L I.

C'eſt un grand ſupplice de vivre avec des gens qu'on n'aime pas naturellement, & qui nous donnent ſujet de les haïr.

X L I I.

Comme il y a un langage pour chaque Nation, il y en a de même pour chaque perſonne en particulier.

X L I I I.

Défiez-vous de ceux qui vous font de petites confidences, c'eſt pour en tirer de vous de plus grandes.

X L I V.

Ceux qui cherchent à broüiller

causent beaucoup de desordre ;
ils en profitent peu, ou n'en joüis-
sent pas long-temps.

X L V.

Eclaircissez-vous des rapports
avant que d'y ajoûter foy , autrement ils vous causeront beaucoup
de querelles & d'inimitiez.

X L V I.

Il y a des personnes à qui il est
dangereux de faire beaucoup de
caresses, cela les enhardit à vous
faire des demandes qu'ils n'ose-
roient faire autrement , & que
vous ne pouvez plus leur refuser.

X L V I I.

Quand nous sommes en place
il semble à nos parens que nous

devons employer tout noftre cre-
dit pour les avancer , & ils nous
commettent à tout moment ; le
fang veut qu'on leur rende fer-
vice , & la raifon qu'on donne des
bornes à leurs defirs.

X L V I I I.

La generofité reffent autant
de plaifir à donner, que la necef-
fité en a à recevoir.

X L I X.

Quand on fait des graces , il eft
bon de choifir les fujets , pour éviter les reproches & l'ingratitude.

L.

La bonté veut qu'on faffe dif-
ference de ce qu'il faut accorder
ou refufer ; car c'eft plûtoft foi-

blesse que bonté de ne pouvoir
rien refuser.

L I.

Les choses ne font plaisir que
dans l'instant qu'on les desire ;
cet instant passé on n'y est plus sen-
sible.

L I I.

Nous faisons valoir beaucoup
ce que nous faisons pour les autres; & nous estimons peu ce que
les autres font pour nous.

L I I I.

Rien ne coûte pour nostre plaisir; & quand il s'agit d'en faire
aux autres les moyens nous man-
quent.

L I V.

Nous travaillons tous les jours
à nous faire des amis ; de ceux
que nous choisissons pour cet effet,
une partie sont faux ou tiedes, une
autre partie meurt , & le reste
s'absente , ou nous nous absentons
nous-mêmes : ainsi il y en a tres-
peu sur qui nous puissions faire
fonds.

L V.

On s'attache souvent , pour
faire sa fortune , à des gens qui
loin de nous la faire font cause
que nous ne la faisons point d'ail-
leurs.

L V I.

Le jour tire son éclat du Soleil ,
& nous tirons le nostre des gens
qui nous protegent.

LVII.

Il est bon avec la protection d'avoir de la capacité & de l'application ; parce que si l'une nous manque, les autres nous soûtiennent.

LVIII.

Nous nous appliquons ordinairement aux choses inutiles , plus qu'à celles qui nous font necessaires.

LIX.

La faveur fait la fortune, & la fortune soûtient la faveur.

LX.

La prudence est necessaire, mais il faut souvent donner au hazard.

L X I.

Le vray moyen que les gens nous rendent service, c'est de les contregager.

L X I I.

Il vaut mieux estre prolixe qu'obscur ; mais si l'on veut estre écouté des Grands, il faut estre bref dans ses discours.

L X I I I.

Quand on nous prie de demander une grace, & qu'on ne l'octroye pas, quoy que nous ayons fait tout ce que nous avons pû pour l'obtenir, on croit qu'il y a de nostre faute.

L X I V.

Ceux qui ont le cœur bas &

rampant obtiennent plus souvent ce qu'ils demandent, que ceux qui sont sensibles aux injures & aux affronts qui les rebuttent.

L X V.

L'espoir de la récompense fait agir, & la crainte du châtiment retient; c'est pourquoy la récompense doit estre tardive, & le châtiment toûjours prest.

L X V I.

La délicatesse est à l'esprit, ce que la bonne grace est au corps.

L X V I I.

Pour plaire, il faut estre au goust de ceux à qui l'on veut plaire.

LXVIII.

On plaist par la beauté, par la douceur, par la ressemblance, par la complaisance , & sur tout par estre necessaire ; un peu de jalousie ou de défiance détruit toutes ces qualitez , & nous attire la haine.

LXIX.

Les grands parleurs tombent dans la reditte , dans la raillerie ou dans la médisance , & empêchent les autres de parler, ce qui les rend odieux.

LXX.

Quand on parle peu, & qu'on sçait garder le secret,on n'est point sujet aux explications.

LXXI.

Il y a bien des gens qui sont in-capables de comprendre les bon-nes choses, c'est les ennuyer que de leur en parler.

LXXII.

Si nous ne sçavons point pro-fiter de nos talens, ceux qui nous connoissent s'en servent.

LXXIII.

Le mérite sans bien, est obligé de ceder au bien sans mérite.

LXXIV.

Le bon goust ordinairement se decide en faveur du general, mais il n'est pas fixé pour cela, chacun ne parle que de ce qu'il aime ;

ceux

ceux qui aiment le faste parlent
fans cefle de grandeurs ; au contraire ceux qui font modeftes &
bornez les blâment, & n'ont en
vûë que la fimplicité ; les jeunes
gens font pour le plaifir & la dé-
penfe ; ceux qui ont de l'expé-
rience font pour la moderation &
l'œconomie : il faut garder un
milieu en toutes chofes, & c'eft ce
milieu qui fait le bon gouft.

L X X V.

L'efprit & le jugement font
également neceffaires pour donner confeil & le choifir, chacun
en veut donner, & peu en veulent
recevoir.

L X X V I.

Pour ne pas fe tromper dans
les confeils qu'on nous donne, il
faut examiner avec beaucoup plus

de foin les motifs qui font agir
ceux qui nous confeillent , que
leurs confeils.

LXXVII.

C'eft une force d'efprit d'avoüer
fes fautes & fon ignorance , il y
a même plus d'avantage qu'à les
excufer par de mauvaifes raifons.

LXXVIII.

La difficulté de bien vivre en-
femble provient de ce que nous
voulons qu'on nous paffe toutes
chofes , & que nous ne voulons
rien paffer aux autres.

LXXIX.

Nous ne fommes point atten-
tifs quand on nous parle , à moins
que ce ne foit de nos plaifirs ou

de nos interefts, parce que nous en avons l'efprit rempli, ou de ce que nous voulons dire nous-mêmes.

LXXX.

Nous étudions fans ceffe les défauts des autres pour avoir prife fur eux, & nous cachons les nôtres avec foin pour les empêcher d'en faire autant ; c'eft ce qui fait que les hommes font toûjours mafquez.

LXXXI.

On a fouvent en mer la fonde à la main ; il faudroit l'avoir toûjours dans le monde, parce que les écueils y font plus fréquens.

LXXXII.

On fe fert de la modeftie dans

bien des rencontres pour établir
surement l'autorité & la four-
berie.

LXXXIII.

La loüange est une récom-
pense du mérite, la sincere est
pour les gens d'esprit, & la fausse
pour les simples ; pour la bien
connoître il faut se détacher de
l'amour propre.

LXXXIV.

Nous nous trompons souvent
dans la comparaison que nous
faisons de nous aux autres, parce
qu'en la faisant nous voulons toûjours nous mettre au dessus de ce
que nous sommes.

LXXXV.

Nous nous efforçons de témoigner de la joye à nos amis de leur avancement, & nous en reſ-ſentons du chagrin dans l'inté-rieur, parce qu'ils s'élevent au deſſus de nous, ou deviennent nos égaux.

LXXXXVI.

Nous n'appercevons bien nos défauts, que quand nous ſommes dans l'adverſité.

LXXXXVII.

On ne ſçauroit faire aſſez d'at-tention à ſes manieres, elles éloi-gnent les gens de nous, ou nous les approchent.

LXXXXVIII.

Il ne faut point maltraiter ceux qui font leur devoir, ny ſoup-

çonner ceux qui sont fideles, parce que cela les rebute.

LXXXIX.

Nous ne profitons des exem-
ples d'autruy que quand les maux
parviennent jusques à nous , ou
que nous commettons les mêmes
choses.

X C.

Le Sage n'a d'autre vûë dans
ses actions que la satisfaction de
son cœur ; il craint ce Juge se-
vere qui voit tout & ne pardon-
ne rien.

X C I.

Nostre sort est en nos mains,
pourquoy nous en plaindre ? s'il
n'est pas tout a fait heureux, ren-

dons-nous dignes de l'eftre, & nous ferons contens.

XCII.

Nos foins les plus importans font d'amaffer du bien , la jeuneffe fe paffe à travailler , on a peur de manquer dans la vieilleffe , & nous ne jouïffons jamais.

XCIII.

Le repos n'eft qu'une idée, on a beau le chercher , on eft trop ennemi de foy-même pour le trouver.

XCIV.

Les mouvemens du cœur dépendent de ceux de la Fortune ; nous fommes gais ou triftes felon qu'elle nous eſt favorable ou contraire.

X C V.

Chacun voudroit avoir une Religion qui s'accommodât avec ſes inclinations ; il eſt tres-difficile de ſoumettre les inclinations à la Religion, & il eſt impoſſible de ſoumettre la Religion aux inclinations.

X C V I.

Quoy que la probité nous expoſe à eſtre trompez tous les jours, il ne faut pas laiſſer de la pratiquer, puiſqu'elle eſt reſpectée des Nations les plus ſauvages, & que les fripons même veulent paroître en avoir.

XCVII.

La trahifon ne demeure point longtemps impunie, & la fidelité fans récompenfe.

XCVIII.

Le plaifir eft neceffaire à l'homme ; il n'en trouve point de parfait, parce qu'il eft déreglé dans la maniere de le prendre.

XCIX.

La fobrieté & la continence font neceffaires à la fanté, & la fanté à l'efprit & au jugement.

C.

Le jeu ne devroit eftre qu'un amufement, on en fait un commerce où plusieurs personnes se ruinent.

C I.

Quelque précaution qu'on apporte à cacher ses inclinations, le penchant que nous y avons les fait découvrir.

C I I.

On ne devine point nos pensées, mais on y penetre par nos paroles & par nos actions.

C I I I.

Parmy les Braves comme parmy les Sçavans, il y en a qui ont un empire absolu sur les autres; on leur cede le premier rang pour avoir moins de valeur & de science, ou pour vivre en paix.

C I V.

La gloire & le peril nous font faire des choses au-delà de nos forces.

C V.

La plus belle action diminuë de son prix pour la trop vanter

CV I.

Le tour qu'on donne aux choses les fait valoir ou les diminuë ; il ne convient pas à un chacun de le donner.

C V I I.

La mode est un tyran , les plus sages ne peuvent s'en garantir, & les foux en font idolâtres.

CVIII.

La nouveauté nous amuſe, mais elle ne plaiſt pas toûjours ; ſon regne qui eſt de peu de durée, ne laiſſe pas de ternir les bonnes choſes.

CIX.

Dans toutes les choſes de la vie il faut ſe faire un arrangement dans l'eſprit pour que l'execution réuſſiſſe.

C X.

Qui ſe fait une peine du travail, ſe fait un ſupplice de ſon devoir.

C X I.

Quaſi la moitié du temps s'employe

ployé pour les neceſſitez de la vie ;
celuy du bas âge ſe paſſe à s'inſ-
truire , & celuy de la vieilleſſe à
ne rien faire : il nous en reſte
tres-peu pour travailler , & de
ce peu on nous en dérobe une
partie.

C X I I.

Il faut tant qu'on peut faire ſes
affaires ſoy - même ; ſi vous les
laiſſez faire par d'autres elles ſont
negligées.

C X I I I.

Si l'on ne ſçait point prendre ſon party, on manque l'oc-
caſion.

C X I V.

La précipitation gaſte plus
D

d'affaires, que la précaution &
la diligence n'en font réuſſir.

C X V.

La grande habileté dans le
maniment des affaires, conſiſte
dans la réuſſite ; on fait plus de
cas de ceux qui réuſſiſſent ſans
eſtre fort habiles , que de ceux
qui le font & ne réuſſiſſent pas.

CXVI.

A la guerre comme dans les
autres entrepriſes de la vie , la
hardieſſe contribuë beaucoup à la
réuſſire.

CXVII.

Quand on dépenſe au-delà de
ſon pouvoir on eſt contraint d'im-
portuner ſes amis, & l'on devient
gueux à la fin.

C X V I I I.

Il vient un temps qui nous fait changer d'inclinations ; tel étoit liberal qui ayant reconnu la dureté & l'avarice des autres, devient aussi avare.

C X I X.

Pour se passer aisément des gens, il faut sçavoir se passer de peu.

C X X.

Pour vivre en homme privé dans le temps où nous sommes, il faut avoir beaucoup de bien & de sçavoir, ou se resoudre à languir.

C X X I.

Nous voulons que les autres

ſe contentent à moins que nous,
& nous ne ſommes jamais contens.

C X X I I.

Un grand cœur dans l'adverſité ne cherche point à exciter la
pitié , il tire du ſecours de ſa fermeté.

C X X I I I.

Deux cœurs alienez ſe réuniſ-
ſent par l'intereſt.

C X X I V.

Si vous avez un different avec
quelqu'un qui faſſe de l'éclat,
ayez foin de vous juſtifier, ſinon
l'on vous donnera le tord.

C X X V.

La vengeance ſe déguiſe en

amitié pour se mieux faire sentir, & plus promptement.

C X X V I.

Nous disons du bien ou du mal des gens, à proportion que nous les aimons ou haïssons.

C X X V I I.

Il faut rendre justice au mérite, quelque sujet que nous ayons de nous plaindre, autrement nous agissons par vengeance, & non pas par raison.

C X X V I I I.

L'inégalité marque du déreglement dans le cœur, & qu'on n'est point capable d'attachement; elle empêche qu'on en ait pour nous, & est cause qu'on nous

abandonne quand nous ne sommes plus neceſſaires.

CXXIX.

Les foux diſent de bons mots,
& les ſages font des folies.

CXXX.

En naiſſant nous avons beſoin
de tout, nous paſſons la vie dans
l'agitation pour remplir ce beſoin,
& nous mourons ſans rien empor-
ter.

FIN.

PErmis d'Imprimer, ce 25. Aouſt
1702.

M. R. D. V. DARGENSON.

+

On gouverne lesprit des autres
quand on sçait regler le sien sur le
leur, et le cacher ou montrer apropos.

www.ingramcontent.com/pod-product-compliance
Ingram Content Group UK Ltd.
Pitfield, Milton Keynes, MK11 3LW, UK
UKHW020036080726
13614UKWH00004B/1801